Cuando se perdió la mochila

Jennifer Degenhardt

Cover art by Paige Espeseth

Copyright © 2022 Jennifer Degenhardt
(Puentes)
All rights reserved.
ISBN: 978-1-956594-07-2

To all who lose something,
may you find it.

ÍNDICE

AGRADECIMIENTOS

There are so many teachers who help me in this writing and publishing process... You know, it takes a village. And it does!

José Salazar has been a friend for *años* and has taught me so much, the greatest of which is, "If you agree to do something, do it with joy." I know it is with this same joy that he reads my stories and assists in any way to make them better. Thank you, José.

Thank you to Angela Burbano who found the student artist who created the cover. Angela is lovely to chat with over social media and has now found me two wonderful artists.

Paige Espeseth is the student artist behind the beautiful depiction of The Alamo. I always allow students to come up with their own ideas for the cover art, so I am always surprised. This time, however, I was (and still am) amazed. Thank you, Paige!

To all of the folks who post anecdotes on social media, thank you. You have to know that your humanity seeps into my being and becomes a kernel from which stories are born.

Capítulo 1
Oscar

Me llamo Oscar Rodríguez. Tengo treinta (30) años. No soy alto y no soy bajo. No soy gordo tampoco, pero soy muy fuerte. Tengo ojos cafés y pelo negro.

Vivo en Dodge City, Kansas. Pero originalmente soy de Medellín, Colombia. Vivo en los Estados Unidos por las oportunidades económicas que hay aquí.

Cuando vivía en Medellín tenía mucha familia. Tenía a mis padres, mis dos hermanos y mi hermana. Mi madre se llamaba Lupe y mi padre se llamaba Román. Mi madre tenía cincuenta (50) años y mi padre tenía cincuenta y cinco (55) años. Mis hermanos se llamaban Carlos y Javier y mi hermana se llamaba Catarina. Carlos tenía veinte y dos (22) años, Javier tenía diez y ocho (18) años y Catarina tenía quince (15) años.

Pero hace diez años llegué a Dodge City. Cuando llegué, yo vivía con mis primos. Mis primos eran los hijos de mi tío, Roberto. Él era el hermano de mi padre. Mis dos primos y yo teníamos una compañía. Pintábamos casas. La compañía se llamaba Rodríguez Painting. Pintábamos casas en el pueblo. Era un buen negocio.

Mis primos eran de Medellín también. Un primo se llamaba Miguel. Él era menor. Tenía veinte y cuatro (24) años. También era bajo. Él pintaba las partes bajas de las casas. El otro primo se llamaba Luis. Luis era mayor. Tenía treinta y un (31) años. Él era alto y pintaba las partes altas. Yo era el dueño de la compañía y también pintaba casas y me encargaba[1] de los contratos.

Durante mi tiempo libre, me gustaba ver el fútbol y me gustaba el ciclismo. Los deportes eran muy populares en Colombia. Jugaba al fútbol los domingos con mis primos y amigos. También miraba mucho fútbol en la televisión. No tenía bicicleta en los Estados Unidos, pero miraba el ciclismo en la televisión.

---

[1]me encargaba: I was in charge of.

Estados Unidos y Colombia son dos países muy diferentes. Pero me gustan los dos.

Capítulo 2
Michelle

Me llamo Michelle y tengo cuarenta y cuatro (44) años. Tengo pelo rubio y ojos verdes. Soy baja, pero soy muy fuerte. Me gusta ir al gimnasio.

Hace diez años yo me mudé a Las Cruces, Nuevo México. Vivía con mi esposo, Marcos. Él tenía cuarenta (40) años. Él era de México originalmente. Marcos era el jefe de un restaurante mexicano en Las Cruces. A Marcos le gustaba la comida y le gustaba cocinar.

Yo trabajaba también. Trabajaba para FedEx. Llevaba paquetes y cartas de Las Cruces a muchas partes de Nuevo México y otros estados. Me gustaba manejar. Escuchaba música en la camioneta y escuchaba audiolibros.

Yo no tenía hijos, pero Marcos tenía dos hijas de su primer matrimonio. Ellas vivían en Ascensión en el estado de Chihuahua, México con la madre de Marcos. La hija mayor tenía trece (13) años y la hija menor tenía once (11) años. Las hijas querían vivir en los Estados Unidos. Ellas querían estudiar en las escuelas en Las Cruces.

Me gustaba mi vida con Marcos y me gustaba visitar Ascensión. Pero quería vivir como familia, con mi esposo y sus hijas.

Aunque yo también tenía mi propia familia, mis padres y hermana. Yo no los veía a menudo porque ellos vivían en Reno, Nevada. Toda mi familia vivía en Reno.

Capítulo 3
Oscar

En los Estados Unidos vivía en Dodge City. No era muy grande. Tenía 27.000 personas, más o menos. Pero, me gustaba vivir allí. Las personas de Kansas eran muy simpáticas y trabajaban mucho. La industria principal allí era el empaque de carne[2].

En el pueblo había muchos lugares: supermercados, farmacias, museos, una biblioteca y muchas escuelas. Y todos los veranos había un festival. No había mucha acción en Dodge City, pero me gustaba.

Mis primos y yo vivíamos en una casa gris. No era una casa moderna. Era una casa vieja. Tenía tres dormitorios. También, tenía garaje para la camioneta. El alquiler[3] de la casa era bajo.

Teníamos una camioneta para trabajar. En la camioneta teníamos todos los materiales para el

---

[2] el empaque de carne: meat-packing.
[3] el alquiler: rent.

trabajo. Nosotros trabajábamos todos los días, excepto los domingos. Los domingos siempre descansábamos.

Todas las mañanas mis primos y yo íbamos a un restaurante para tomar café. El restaurante se llamaba Wyatt Earp Coffee. En el restaurante hablábamos con Charlie. Era un amigo. Charlie trabajaba en el restaurante.

—Buenos días, amigos —Charlie nos dijo en español.

—Hola, Charlie —le dije. —¿Cómo estás?

—Estoy bien, gracias —dijo Charlie. A Charlie le gustaba practicar el español.

Charlie nos sirvió tres cafés.

—Aquí tienen.

—Gracias, Charlie.

—Oscar, ¿necesitas otra camioneta para el trabajo? — preguntó Charlie.

—Sí. Tenemos muchas casas para pintar y sólo tenemos una camioneta —le dije.

Charlie dijo —Mi hermano tiene una camioneta. Quiere venderla.

—¿Oh sí? ¿Por cuánto? ¿Dónde está? Me gustaría ver la camioneta —le dije a Charlie.

—El problema es que vive en San Antonio, Texas —dijo Charlie.

—¿Cuánto quiere por la camioneta? —le pregunté.

—La vende por sólo mil dólares —Charlie dijo.

—Es buen precio. Y sí, necesitamos otra camioneta —le dije a Charlie.

—Tienes que ir a San Antonio. ¿Es posible? —preguntó Charlie.

—Sí. Puedo ir en dos días. El jueves. Gracias, Charlie.

—No hay problema, dijo Charlie.

Después de unos días hablé con Luis y Miguel sobre el viaje a San Antonio.

—Voy en autobús —les dije—. Ustedes necesitan trabajar. Cuando regrese[4], vamos a tener otra camioneta.

Estábamos contentos. Siempre teníamos mucho trabajo, pero necesitábamos otra camioneta. Era un buen plan.

---

[4] I return

Capítulo 4
Michelle

Era martes, necesitaba manejar a San Antonio. Era un viaje largo de ocho horas. Había paquetes especiales que necesitaba llevar a El Álamo en San Antonio.

El Álamo es un lugar importante con mucha historia de Texas. Antes, Texas era parte de México, pero las personas querían su independencia. Hubo una batalla grande en El Álamo en 1836. Esa batalla fue importante para los Tejanos, las personas de Texas.

El Álamo es un parque nacional. Muchas personas visitan el parque para ver la misión. La misión tiene un museo, una capilla (una iglesia pequeña) y claro, una tienda. Es un lugar muy popular para los turistas en San Antonio.

Esa mañana Marcos y yo nos preparamos para trabajar.

—Marcos, necesito ir a San Antonio hoy. Voy a regresar mañana —le dije.

—Está bien, Michelle. ¿Tienes un buen libro para escuchar? —me preguntó.

—Sí. Claro. ¿Vas a hablar con Deisy y Laura esta noche? —le pregunté.

—Sí. Y con mi mamá. Necesito hablar con ella sobre los documentos.

—Está bien, Marcos. Suerte. Hasta mañana.

Le di un beso a mi esposo y salí para San Antonio.

Mi esposo Marcos era una buena persona. Trabajaba mucho en un restaurante. Usaba el dinero de su trabajo para sus hijas y su madre en Ascensión. A menudo Marcos y yo visitábamos a su familia. El viaje era sólo de dos horas y media. Pero siempre era difícil cuando regresábamos a Nuevo México. Sus hijas, Deisy y Laura, siempre querían regresar con nosotros, pero no era posible. Esta era una conversación normal cuando salíamos:

—Papi, ¿cuándo vamos a vivir contigo y con Michelle? —preguntaba Laura. Ella era la mayor.

—Sí, Papi. Queremos vivir con ustedes —decía Deisy.

—Pronto, mis hijas. Pronto les decía Marcos.

Era una situación difícil para Marcos y para mí. Queríamos vivir como familia en una misma casa.

Capítulo 5
Oscar

Era jueves. Luis, Miguel y yo estábamos en la camioneta. Íbamos a la estación de autobuses en Central Avenue en Dodge City.

—¿Listo, Oscar? —me preguntó Miguel.

—Sí. Tengo ropa, mi teléfono, dinero y mi tarjeta de residencia —les dije.

La tarjeta de residencia es muy importante. Después de vivir en los Estados Unidos por diez años, finalmente recibí mis documentos oficiales. Era residente permanente.

—Bueno. Suerte. Hasta el sábado —me dijo Luis.

Entré en la estación y busqué el autobús.

No tenía muchas cosas en mi mochila azul: dos camisetas, calzoncillos y medias. Y claro, un cepillo de dientes. El viaje a San Antonio no fue largo, no como el viaje que hice cuando emigré a los Estados Unidos. Yo viajé con la misma mochila azul hace diez años.

La mochila fue importante para mí durante el viaje a los Estados Unidos. Y ahora es mucho más importante porque tenía mi teléfono, dinero y mi tarjeta de residencia.

Entré en el autobús.

Me senté al lado de un muchacho. Él era joven con pelo castaño y ojos cafés. Llevaba uniforme militar.

—Hola —me dijo—. Me llamo Dave.

—Hola —le dije—. Mucho gusto. Soy Oscar. ¿Vas a San Antonio?

—Sí. Mi familia vive allí. ¿Y tú? —me preguntó Dave.

—Sí, voy a San Antonio también. Voy a comprar una camioneta —le dije.

—Es lejos para ir a comprar una camioneta, ¿no? —me preguntó Dave.

—Sí. Pero la están vendiendo a buen precio.

Dave me hizo otra pregunta —¿Eres de Dodge City?

—No —le dije con una sonrisa—. Soy de Colombia originalmente. Vivo en Dodge City por diez años.

—Oh. ¿Colombia? ¿Qué parte? —preguntó Dave.

Dave me dijo que tenía un amigo de Colombia.

—Era de Medellín —me dijo.

—Soy de Medellín también —le dije.

Por muchas horas Dave y yo hablábamos. Hablé mucho de Medellín y él habló de San Antonio.

Medellín es una ciudad grande y linda. El clima es templado. No hace frío y no hace mucho calor. También es una ciudad moderna con universidades, industria y festivales.

—A mí me gusta mucho Medellín —le dije a Dave.

—¿Qué te gusta más de la ciudad? —me preguntó.

—En Medellín hay muchos museos, parques y bibliotecas. Es una ciudad, pero la vida es tranquila —le expliqué.

Dave era muy curioso. Hablábamos mucho. Yo le pregunté de San Antonio también.

—Dave, es mi primera vez en San Antonio. Voy a estar sólo por un día. ¿Qué me recomiendas visitar?

—Oscar, necesitas visitar El Álamo. Es lindo y tiene mucha historia.

—Muy bien. Gracias. Ahora voy a descansar un poco — le dije.

—Está bien. Yo también.

Después de un viaje de más de diez horas, llegamos a San Antonio.

—Gracias por la conversación, Oscar.

—Gracias a ti, Dave —le dije—. Cuídate[5].

Iba a comprar la camioneta el próximo día por la tarde, entonces, primero fui a un hotel para pasar la noche.

---

[5] take care

Capítulo 6
Michelle

En la camioneta de FedEx el aire acondicionado estaba fuerte. Hacía mucho calor en el mes de agosto en Nuevo México y Texas. Tenía botellas de agua y fruta para el viaje. Iba a manejar a Fort Stockton, Texas primero. Allí iba a usar el baño y descansar un poco en Pepito's Café. Era un restaurante casual. Venden comida mexicana buenísima.

Pero, necesité manejar cuatro horas primero. Escuché música. Me gusta la música country, especialmente la música de Tim McGraw. Él canta la canción «Humble and Kind» en español. La canción en español se llama «Nunca Te Olvides de Amar». Es muy bonita.

El viaje a San Antonio fue muy largo, sí, pero era normal. En Nuevo México y Texas, los viajes de cinco o más horas en carro son normales. En la Ruta 10, después del tráfico de El Paso, pasé por muchos pueblos muy pequeños: Socorro, Fort Hancock, Sierra Blanca y Van Horn. Algunos pueblos tienen nombres en español porque antes esta área de los Estados Unidos era parte de México.

México. El país de mi Marcos y de mis hijas, Deisy y Laura. No, no eran mis hijas biológicas, pero eran mis hijas. Ellas necesitaban estar con nosotros en Estados Unidos. La madre de Marcos también. Ella era vieja y tenía que cuidar a dos adolescentes en la casa, era mucho trabajo.

Estos pueblitos en la Ruta 10 eran similares a Ascensión, donde vivía la familia de Marcos. Era un pueblo cerca de la frontera de Los Estados Unidos en el estado de Chihuahua. Estaba cerca en carro, pero en realidad estaba muy lejos. Necesitábamos tramitar los documentos oficiales para poder traerlos a vivir con nosotros. Marcos y yo siempre hablábamos de eso.

—Deisy, Laura y tu mamá necesitan vivir con nosotros en Estados Unidos, Marcos —yo le dije.

—Sí, Michelle. Estoy de acuerdo. Necesitamos un abogado —me dijo Marcos.

—Está bien. Llamemos a un abogado —le dije.

—No es posible, Michelle. Cuesta mucho dinero.

Era un problema. Tramitar los documentos era un problema y el dinero era otro problema.

Capítulo 7
Oscar

Era el día en que iba a comprar la camioneta. Llamé al hermano de Charlie.

—Hola. ¿Wally? Soy Oscar —le dije.

—Hola, Oscar. ¿Vas a comprar la camioneta?

—Sí. Esta tarde a las cinco. ¿Está bien?

—Claro. Te espero en la casa.

—Bien. Gracias, Wally.

Tuve todo el día. Iba a El Álamo, pero primero caminé por el Paseo del Río. Es una parte popular de la ciudad, especialmente para los turistas. Es un parque que tiene tiendas, restaurantes, arte y mucho más. Está a lo largo del Río San Antonio. No había carros allí. Me gustó el Paseo del Río y era muy bonito, pero también quería ir a El Álamo.

Caminé hacia la entrada. Tenía mi mochila azul

porque no iba a regresar al hotel. Necesitaba cuidar mi mochila porque tenía mi cartera. Y en mi cartera estaba el dinero y mi tarjeta de residencia. Los dos eran muy importantes.

Me gustó esa parte de San Antonio. Había estructuras nuevas, como en el Paseo del Río, y había estructuras viejas como El Álamo.

El Álamo es un museo. Aprendí mucho sobre la batalla, la independencia y la historia de Texas. Era interesante. Después de pasar unas horas allí, compré una botella de agua.

Estaba en una banca afuera tomando el agua cuando vi a unas muchachas. Ellas eran muy bonitas. Tenían pelo largo y negro y ojos verdes. ¿Eran hermanas?

Una de ellas me dijo —Hola. ¿Dónde compraste el agua?

—Hola. La compré en la tienda —le dije.

—Gracias.

Las dos entraron en la tienda y regresaron con botellas de agua, para ellas y una para mí.

Una de las muchachas me dio una. —Toma —me dijo—. Hace calor.

—Gracias —le dije—. Es verdad. ¿Son ustedes de aquí? ¿Siempre hace calor? —le pregunté.

—Sí. Somos de San Antonio originalmente. Me llamo Sandra y ella es mi hermana, Isabel.

—Encantado. Me llamo Oscar. No soy de San Antonio, obviamente —les dije, sonriendo.

Después de hablar un momento, Sandra me preguntó —¿Tienes planes esta tarde? ¿Quieres pasear con nosotras?

—Tengo una cita a las cinco...

Tomé mi mochila para sacar mi teléfono para ver la hora.

—...pero tengo tiempo. ¿Adónde vamos?

—Al restaurante de nuestra familia. Te invitamos. Es buenísimo. ¡Vamos!

Estaba emocionado de ir al restaurante con mis nuevas amigas bonitas. Estaba tan emocionado que no pensé en la mochila. La dejé en la banca.

Capítulo 8
Michelle

Después de comer algo y descansar en Pepito's Café, manejé cuatro horas más para llegar a San Antonio.

Pensaba más en Ascensión. El pueblo es pequeño. Es estilo colonial español, tiene una plaza central bonita, una iglesia y unos restaurantes. No es grande. Está en el desierto y hace calor. No hay mucho que hacer en Ascensión. Hay más oportunidades en Las Cruces para mis hijas. Pero, sin dinero, las chicas no tienen esas oportunidades. Necesitamos buscar un abogado.

Llegué antes de la hora pico a El Álamo. Tomé los paquetes importantes y fui directo a la oficina. No era mi primera vez aquí. Antes de llegar a la puerta, vi una mochila azul detrás de una banca. La tomé para llevarla a la oficina también. Pero primero miré que tenía en la mochila.

Capítulo 9
Oscar

Sandra, Isabel y yo caminamos al restaurante. Hablamos de San Antonio, de nuestras familias y del clima. De repente, yo dije —¡Ay! ¡Mi mochila! ¡No la tengo!»

No tenía mi mochila. En mi mochila estaba el dinero, mi licencia y mi tarjeta de residencia. ¡Ay dios!

—Necesito regresar. La mochila es muy importante —les dije a mis amigas.

—Está bien, Oscar —dijo Sandra—. No te preocupes. Vamos.

Las dos muchachas eran muy simpáticas. Ellas me dijeron «no te preocupes» muchas veces. No estaba tranquilo. Necesitaba el dinero, claro, pero mi identificación era mucho más importante.

Llegamos a El Álamo y fuimos a la banca donde dejé mi mochila. No estaba.

¡Qué problema!

—Vamos a la oficina y reportemos la mochila perdida —dijo Isabel.

—Sí —dijo Sandra—. Vamos.

*****

—Buenas tardes, señor. Dejé mi mochila hace veinte minutos en una banca. ¿La encontraron ustedes?

—No. Lo siento, señor. No hay mochila aquí. ¿Puedes describirla? —me preguntó.

—Claro. Es una mochila azul. Vieja. Adentro hay dos camisetas, calzoncillos y medias. Y también, mi cartera. La cartera es lo más importante. Tiene dinero y mi identificación.

El señor escribió todo en un papel.

—Bueno, Sr. Rodríguez. Vamos a llamarlo si alguien la devuelve.

—Gracias. Muchas gracias —le dije.

*****

Estaba muy preocupado y triste. Sandra e Isabel eran muy simpáticas.

—No te preocupes, Oscar. Está bien, la vas a encontrar. Vamos a comer a nuestro restaurante —dijo Isabel.

—Sí. Podemos llamar a nuestro tío también. Él es policía —dijo Sandra—. Él te puede ayudar.

Entonces caminamos tres cuadras a un restaurante mexicano. En el restaurante hablamos con muchas personas, comimos mucha comida como tamales de maíz, chorizo, chilaquiles y más.

Después, Sandra llamó a su tío.

—Oscar, llamé a mi tío. Él va a ayudarte —me dijo Sandra.

—Gracias, Sandra. Necesito contactar al hombre de la camioneta. No puedo comprarla porque no tengo dinero —le dije.

Salí del restaurante y con mi teléfono llamé a Wally.

—Hola, ¿Wally?

—Soy Oscar. Tengo un problema.

Le conté todo a Wally y él me dijo —Es un problema grande. Lo siento. Llámame cuando encuentres la mochila.

—Está bien. Gracias, Wally.

Entré en el restaurante otra vez. Estaba muy preocupado.

Capítulo 10
Michelle

Estaba en mi camioneta de FedEx. Tenía la mochila. Necesitaba llevarla a la oficina en El Álamo, pero estaba cansada. Decidí quedarme en un hotel para pasar la noche antes de regresar a Las Cruces. Necesitaba pasar por la oficina otra vez mañana. Había un paquete para llevar a Fort Stockton. Iba a llevar la mochila también.

Por fin abrí la mochila. En la mochila había dos camisetas, calzoncillos y medias y una cartera. En la cartera había una licencia de manejar, una tarjeta de residencia y dinero. Mucho dinero.

Conté el dinero: 1200 dólares. Era mucho dinero. Dinero que necesitábamos Marcos y yo. Pensaba en el dinero que necesitábamos para el abogado.

Pero, también pensaba en la tarjeta de residencia. Oscar Gerardo Rodríguez que vivía en Dodge City, Kansas. No era estadounidense. Era inmigrante. Igual que mi Marcos. Pero, Marcos y yo necesitábamos el dinero.
¿Qué hago?

Pensaba mucho mientras manejaba al hotel. El hotel estaba un poco lejos de El Álamo y era hora pico y había mucho tráfico. Estaba preocupada. Marcos y yo necesitábamos el dinero, pero pensaba en Oscar Gerardo Rodríguez. Él tenía que estar preocupado también. Iba a llamar a Marcos al llegar al hotel.

*****

Marcos había vivido en los Estados Unidos por nueve años. Su familia era de México, pero tenía otra familia en Nuevo México también. Antes, la parte suroeste de los Estados Unidos era parte de México. Con la Guerra Mexicana-Estadounidense, los dos países firmaron un tratado y los Estados Unidos recibió una gran parte del territorio. Marcos tiene familia en México y los Estados Unidos debido a la guerra y la nueva frontera entre los dos países. Increíble. Y su familia todavía estaba separada.

Marcos tenía sus documentos legales para vivir en los Estados Unidos. Necesitábamos documentos para sus hijas y para su mamá. Era un proceso legal muy difícil y largo. Por eso necesitábamos el dinero para el abogado.

*****

A las siete de la noche, llamé a Marcos.

—Hola, mi amor. ¿Cómo estás?

—Estoy bien, Michelle. ¿Y qué tal tu día? —me preguntó.

—Interesante. Tengo mil doscientos dólares en una mochila.

—¿Qué? ¿Cómo? —preguntó Marcos.

Le dije a mi esposo sobre la mochila, el dinero y la tarjeta de residencia. Pero estaba cansada y no hablamos por mucho tiempo.

Capítulo 11
Oscar

Eran las nueve de la noche y todavía estábamos en el restaurante. Hablábamos mucho y seguíamos comiendo. Todavía estaba preocupado. Pero estaba más tranquilo cuando hablé con el tío de las muchachas.

—Oscar —me dijo—. Tienes un problema, ¿no?

—Sí, señor. Perdí mi mochila. En la mochila hay dinero y mi tarjeta de residencia —le dije.

—Es un problema, sí. Mañana voy a ir a la oficina en El Álamo. Voy a hacer una investigación.

—Muchas gracias, señor. Necesito el dinero para comprar una camioneta para mi compañía.

—¿Qué compañía? —me preguntó el tío.

—Mis primos y yo tenemos una compañía. Pintamos casas en Kansas.

—¿En Kansas? ¿Dónde? Sandra va a vivir en Kansas —dijo el tío.

—Vivimos en Dodge City —le dije.

—¡Oh! Sandra va a trabajar en una escuela allí en agosto.

¿Sandra? ¿La muchacha muy simpática y bonita? ¿Iba a trabajar en Dodge City en unos meses? ¡No era posible! Pero no dije nada.

—Qué interesante —le dije al tío.

Me gustaba Sandra. Era una muchacha muy simpática. Era cómica también. Hablamos mucho durante la cena.

—Esta comida es del sur de México. Es picante. ¿Te gusta? —me preguntó Sandra.

—Sí. Es excelente. Me gusta mucho. Tú no comes mucho. ¿No te gusta? —le pregunté.

—Me gusta toda la comida mexicana, pero no me gustan los chiles.

—Pero ¡los chiles son deliciosos! —le dije con una sonrisa.

—No para mí. Mi familia dice que soy «mala mexicana» por eso. ¡Ja ja!

—No es verdad, Sandra. Eres buena mexicana. Vas a trabajar en Dodge City, ¿no?

—¡Sí! Voy a ser maestra en una escuela primaria —me dijo.

—Yo también vivo y trabajo en Dodge City.

—¿En serio? ¡Increíble!

Sandra y yo pasábamos la noche hablando. Casi no pensaba en mi problema.

De repente, mi teléfono sonó.

—Hola ¿Oscar?

—Sí, soy yo —le dije.

—Me llamo Michelle. Tengo la mochila.

No me dijo nada más porque mi teléfono no funcionó.

¡Ay, ay, ay!

Capítulo 12
Michelle

En un minuto hablé con Oscar, y de repente, nada. ¿Qué pasó? Llamé otra vez. Oscar no contestó.

Llamé dos veces más y nada. Iba a llamar otra vez mañana.

Miré la televisión en el hotel y pensé en mi familia. Marcos y yo teníamos el nombre de un abogado. Él nos iba a ayudar cuando tuviéramos[6] los mil dólares.

Miré la mochila. Tenía el dinero. Pero no era mi dinero.

---

[6] tuviéramos: we had.

Capítulo 13
Oscar

Encontramos un cargador para cargar mi teléfono celular. Lo cargué, pero era muy tarde. Decidí llamar a Michelle por la mañana.

*****

A las siete y media de la mañana, llamé a Michelle.

—Hola, ¿Michelle?

—Sí. Soy Michelle —me dijo.

—Soy Oscar. ¿Usted tiene mi mochila?

—Sí.

—¡Qué suerte! ¡Gracias! ¿Dónde está usted?

—Estoy en un hotel. Pero necesito ir a la oficina de El Álamo hoy —me dijo.

Yo hablé rápido.

—Voy a la oficina a la hora que me diga[7] usted.

—Está bien, Oscar. Voy a la oficina a las nueve —me dijo.

—Excelente. Y, muchas gracias, Michelle.

Estaba muy emocionado. Llamé inmediatamente a Wally.

—¿Señor Wally? Soy Oscar. Encontré la mochila y el dinero.

---

[7] diga: you say.

Capítulo 14
Michelle

Hablé con Marcos otra vez esta mañana.

—Michelle, no es nuestro dinero. Sí, lo necesitamos, pero no es buena idea.

—Sí, Marcos. Es verdad. Pero ¿cómo vamos a juntar el dinero?

—No te preocupes, Michelle. Lo vamos a juntar de alguna manera.

Salí del hotel y manejé a El Álamo. Quería agarrar el dinero, pero no quería robarle a otra persona. Quería vivir con mis hijas y mi suegra, pero no quería robar dinero a nadie.

Llegué a El Álamo. Miré a Oscar. Era igual que la foto de la tarjeta de residencia, pero tenía una sonrisa enorme. Estaba con otras personas, dos muchachas y un policía. ¿Había un problema?

—Hola, Oscar —le dije—. Soy Michelle.

Oscar me miró y miró la mochila. Estaba muy feliz.

—Mucho gusto, Michelle. Y muchas gracias.

—Aquí está la mochila. Tiene todo: la ropa, el dinero, la licencia y su tarjeta de residencia. Y el cargador para el teléfono.

—¡El cargador! ¡Ja ja! —dijo Oscar.

No comprendí, pero todavía estaba preocupada por el policía.

—¿Y el policía? —le pregunté un poco nerviosa.

—Oh, no se preocupe. Es el tío de mis amigas. Me ayudó con el problema.

—¡Oh! ¡Muy bien!

Oscar sacó la cartera y contó el dinero. Tomó una parte del dinero y me lo ofreció.

—Michelle, es para usted. Por ser honesta.

—¡Guau! Gracias, pero no puedo... —dijo Michelle.

—Por favor. Esos documentos son más importantes que el dinero —le dije.

Sandra estaba feliz también, pero me preguntó —Oscar, ¿no necesitas el dinero para comprar la camioneta?

—Ahora, no. Hablé con Wally, el hermano de mi amigo, Charlie, esta mañana. Wally quiere regalarme la camioneta.

—¡Guau, Oscar! ¡Qué suerte! —dijo Sandra.

—Sí. Esta experiencia es increíble. Hay personas muy buenas en el mundo».

Le dije a todos —¡Es increíble! Mi esposo y yo necesitamos este dinero para pagar un abogado. Sus hijas todavía viven en México con la abuela. Ahora podemos pensar en un futuro nuevo. Gracias, Oscar.

—Gracias a ti, Michelle —me dijo.

—Con permiso. Necesito llamar a mi esposo —yo les dije.

Capítulo 15
Oscar

Estaba muy feliz. MUY feliz. Tenía mi mochila con el dinero y mi identificación, y Wally me regaló la camioneta. También conocí a amigos nuevos en San Antonio.

—Oscar, ¿cuándo tienes que regresar a Dodge City? —me preguntó Sandra—. ¿Puedes pasar otro día con nosotros?

—Voy a recoger la camioneta esta tarde, pero sí, puedo pasar otro día aquí — le dije.

—Bien —me dijo con una sonrisa—. Hay otras misiones para visitar, si quieres. Te gusta la historia, ¿no?

—Sí, me gusta.

Y me gustas tú también, Sandra. Pero no le dije.

Todavía.

GLOSARIO

A

a - to, at
abogado - lawyer
abrí - I opened
abuela - grandmother
acción - action
acuerdo - agreement
adentro - inside
adolescentes -
    adolescents
adónde - where
afuera - outside
agarrar - to grab
agosto - August
agua - water
ahora - now
aire acondicionado - air
    conditioning
al - to the
(El) Álamo - founded as
    a Roman Catholic
    mission; site of the
    battle of the Alamo
algo - something
alguien - someone
alguna - some
allí - there
alquiler - rent
alta/o(s) - tall
amar - to love
amiga/o(s) - friend(s)

amor - love
años - years
antes - before
aprendí - I learn
aquí - here
arte - art
área - area
audiolibros -
    audiobooks
autobuses - buses
autobús - bus
ayudar - to help
ayudarte - to help you
ayudará - s/he, will help
ayudó - s/he helped
azul - blue

B

baja/o(s) - short
banca - bench
batalla - battle
baño - bathroom
beso - kiss
biblioteca(s) -
    library(ies)
bicicleta - bicycle
bien - well
biológicas - biological
blanca - white
bonita/o(s) - pretty
botella(s) - bottle(s)

buen/a/o(s) - good
buenísima/o - very good
buscar - to look for
busqué - I looked for

C

café(s) - coffee(s)
calor - heat
calzoncillos - underwear
caminamos - we walked
caminé - I walk
camioneta - truck
camisetas - T-shirts
canción - song
cansada - tired
cantaba - he sang
capilla - chapel
cargador - charger
cargar - to charge
cargué - I charged
carne - meat
carro(s) - car(s)
cartas - letters
cartera - wallet
casa(s) - house(s)
casi - almost
castaño - brown
casual - casual
celular - cellular
cena - dinner
central - central
cepillo - brush

cerca - close
chicas - girls
Chihuahua - a state in the northwestern region of Mexico
chilaquiles - a traditional Mexican dish
chiles - spicy peppers
chorizo - sausage
ciclismo - cycling
cinco - five
cincuenta - fifty
cita - date, appointment
ciudad - city
claro - of course, clear
clima - weather, climate
cocinar - to cook
Colombia - country in the northern tip of South America
colonial - colonial
comimos - we eat
comer - to eat
comes - you eat
cómica - funny
comida - food
comiendo - eating
como - like, as
cómo - how
compañía - company
comprar - to buy

comprarla - to buy it
compraste - you bought
comprendí - I understood
compré - I bought
con - with
conocí - I met
contactar - to contact
contentos - happy, glad
contestó - he answered
contigo - with you
contratos - contracts
conversación - conversation
(Las) Cruces - city in New Mexico on the edge of the Chihuahuan Desert
cuadras - city blocks
cuando - when
cuándo – when
cuánto - how much, many
cuarenta - forty
cuatro - four
contó- s/he told
cuento - story
cuesta - it costs
cuidar - to care for
cuídate - take care of yourself
curioso – curious

D

dio - s/he, it gave
de - of, from
debido - due
decidí - I decided
dejé - I left (behind)
del - from the
deliciosos - delicious
deportes - sports
desastre - disaster
descansamos - we rested
descansar - to rest
describirla - to discover it
desierto - desert
después - after
detrás - behind
devuelve - s/he, it returns
día(s) - day(s)
dijo - s/he said
dijeron - they said
dientes - teeth
diez - ten
diferentes - different
difícil - difficult
diga - I, s/he say/s
dije - I say
dinero - money
dios - god
directo - direct
documentos - documents

dólares - dollars
domingos - Sundays
donde – where
dónde - where
dormitorios - bedrooms
dos - two
doscientos - two
  hundred
doy - I give
dueño - owner
durante - during

E

e - and
económicas - economic
el - the
él - he
ella - she
ellas/os - they
emocionado - exciting
empaque - packing
en - in, on
encantado - nice to
  meet you
(me) encargué - I was in
  charge of
encontramos - we found
encontré - I found
encuentres - you find
enorme - huge
entonces - then
entrada - entrance
entraron - they entered
entre - between

entré- I enter
era - I, s/he was
éramos - we were
eran - they were
eres - you are
es - s/he, it is
esa - that
esas - those
escribió - s/he wrote
escuchaba - I, s/he
  listened to
escuchar - to listen to
escuché - I listen to
escuela(s) - school(s)
eso - that
esos - those
español - Spanish
especiales - special
especialmente
  especially
espero - I wait for
esposo - husband
esta - this
está - s/he, it is
estación - station
estado(s) - state(s)
  Estados Unidos -
  United States
estadounidense -
  United Statesian
estábamos - we were
estaba - I, s/he, it was
estaban - they are
estabas - you were

estar - to be
estás - you are
este - this
esté - is
estilo - style
estos - these
estoy - I am
estructuras - structures
estudiar - to study
excelente - excellent
excepto - except
experiencia -
    experience
expliqué - I explain

F

familia - family
familias - families
farmacias - pharmacies
favor - favor
    por favor - please
FedEx - delivery
    services company
feliz - happy
festival(es) - festival(s)
fin - end
finalmente - finally
firmaron - they signed
foto - photo
frontera - border
fruta - fruit
frío - cold
fue - s/he, it was, went
fueron - they were, went

fuerte - strong
fui - I went
funciona - it functions
fútbol - soccer
futuro - future

G

garaje - garage
gimnasio - gym
gordo - fat
gracias - thank you
gran - great
grande - big
gris - gray
guerra - war
gustaba - it was pleasing
gustaba - they were
pleasing
gustaría - it would be
    pleasing
gustabas - you were
    pleasing to
(mucho) gusto - nice to
    meet you

H

ha - has
    había vivido - had
lived
hablaba - s/he spoke
hablamos - we spoke
hablábamos - we spoke
hablando - speaking
hablar - to speak

hablarle - to speak to him/her
hablé - I spoke
hace - s/he, it makes, does
hacer - to do, make
hacia - toward
hacía - s/he, it did
hacía (calor) - it was hot
hacía - I, s/he did, made
hasta - until
hay - there is, there are
hermana(s) - sister(s)
hermano(s) - brother(s), siblings
hice - I did, make
hija(s) - daughter(s)
hijos - son(s), children
historia - history
hola - hello, hi
hombre - man
honesta - honest
hora(s) - hour(s)
hotel - hotel
hoy - today
hubo - there was, were

I

idea - idea
identificación - identification
iglesia - church
igual - equal

importante(s) - important
increíble - incredible
independencia - independence
industria - industry
inmediatamente - immediately
inmigrante - immigrant
interesante - interesting

investigación - investigation
invitamos - we invite
ir - to go

J

jefe - boss
joven - young
jugué - I played
jueves - Thursday
juntar - to collect

K

Kansas - state in the Midwest U.S.A.

L

la - the
lado - side
largo - long
las - the

le - to him, her
legal(es) - legal
lejos - far
les - to them
libro - book
licencia - license
linda/o - nice
listo - ready
llama - s/he calls
llámame - call me
llaman - they call
llamar - to call
llamarlo - to call him
llamemos - we call
(me) llamo - I call myself
llamó - she called
llamé - I called
llegamos - we arrived
llegar - to arrive
llegué - I arrived
llevaba - she wore, carried
llevar - to carry, take, to wear
llevarla - to take it
lo - it
los - the, them
luego - later
lugar(es) - place(s)

M
madre - mother
maestra - teacher
mala - bad

mamá - mother
manejaba - she drove
manejar - to drive
manejé- I drove
manera - way
martes – Tuesday
más - more
materiales - materials
matrimonio - marriage
mayor - older
maíz - corn
mañana(s) - morning(s)
mañana - tomorrow
me - me
Medellín - capital of the Antioquia province in Colombia
media - half
medias - socks
menor - younger
menos - less
mes(es) - month(s)
mexicana/o - Mexican
mi(s) – my
mí - me
mientras - while
mil - a thousand
militar - military
minuto(s) - minute(s)
miraba - s/he watched, looked at
miré - I watched, looked at
miró - s/he watched

misiones - missions
misión - mission
misma - same
mochila - backpack
moderna - modern
momento - moment
mucha/o(s) - many, much
muchacha(s) - adolescent girl(s)
muchacho - adolescent boy
mundo - world
museo(s) - museum(s)
música - music
muy - very

N

nacional - national
nada - nothing
necesitamos - we needed
necesitan - they need
necesitas - you need
necesito - I need
negro - black
nerviosa - nervous
Nevada - state in the western U.S.A
noche - night
nombre(s) - name(s)
normal(es) - normal
nos - us
nosotras/os - we

nuestra/o(s) - our
nueva(s) - new
nueve - nine
nuevo(s) - new
Nuevo México - New Mexico (state in southwest U.S.A.
nunca – never

O

o - o
obviamente - obviously
ocho - eight
oficiales - official
oficina - office
ofreció - she offered
ojos - eyes
olvides - you forget
once - eleven
oportunidades - opportunities
originalmente - originally
otra/o(s) - other

P

padre - father
padres - parents
pagar - to pay
pánico - panic
papel - paper
papi - dad
paquete(s) - packages
para - for

parque(s) - park(s)
parte(s) - part(s)
pasábamos - we spent
pasar - to spend
pasear - to take a walk, ride, drive
Paseo del Río- Riverwalk, San Antonio, Texas
pasó - she passed, spent time
país(es) - country(ies)
pelo - hair
pensaba - I, s/he thought
pensar - to think
pensé - I thought
pequeña/o(s) - small
perdí - I lost
permanente - permanent
permiso - permission
pero - but
persona - person
personas - people
picante - spicy
pico - peak
   hora de pico - rush hour
pintaba - I, s/he painted
pintamos - we painted
pintar - to paint
plan(es) - plan(s)
plaza - town square
poco - a litte

podemos - we can, are able
poder - to be able
policía - police
popular(es) - popular
por - for
porque - because
posible - possible
practicar - to practice
precio - price
preguntó - s/he asked
pregunté - I ask
preocupada/o - worried
preocupe - s/he worries
preocupes - you worry
preparamos - we prepared
primaria - elementary
primer/a/o - first
primo(s) - cousin(s)
principal - principal, main
problema - problem
proceso - process
pronto - soon
próximo - next
pueblitos - little towns
pueblo(s) - town(s)
puede - s/he can, is able
puedes - you can, are able
puedo - I can, am able

puerta - door
pues - then

Q

que - that
qué - what
quedarme - to stay
queremos - we want
quería - I, s/he wanted
querían - they wanted
quiere - s/he wants
quieres - you want
quince - fifteen

R

rápido - rapid, fast
realidad - reality
recibió - s/he received
recoger - to pick up
recomiendas - you recommend
regalarme - to give to him (as a gift)
regaló - s/he gave (as a gift)
regresamos - we returned
regresaron - they returned
regresar - to return
regrese - I, s/he returns
Reno - city in the state of Nevada
(de) repente - suddenly

reportemos - we report
residencia - residence
residente - resident
restaurante(s) - restaurant(s)
río - river
robar - to rob, steal
robarle - to steal from him/her
ropa - clothes
rubio - blond
ruta - route

S

sábado - Saturday
saca - s/he takes out
sacar - to take out
sacó - he took out

salgo - I leave, go out
salimos - we left
seguíamos - we continued
seis - six
semana - week
(me) senté - I sat
separada - separated
ser - to be
serio - serious
señor - mister, sir
si - if
sí - yes
siempre - always
(lo) siento - I'm sorry

siete - seven
similares - similar
simpática(s) - nice
sin - without
sirvió - s/he, it serves
situación - situation
sobre - about
solo - alone
sólo - only
somos - we are
son - they are
sonó - it sounded
sonriendo - smiling
sonrisa - smile
soy - I am
Sr.- abbreviation for 'señor'
su(s) - his, her, their
suegra - mother in-law
suerte - luck
supermercados - supermarkets
sur - south
suroeste - southeast

T

tamales - A tamale is a typical Mesoamerican dish made of *masa* or dough, which I steamed in a corn husk
también - also
tampoco - either
tan - so

tarde - late
tarde(s) - afternoon(s)
tarjeta - card
Tejanos - Texans
televisión - television
teléfono - telephone
templado - temperate
tener - to have
tengo - I have
tenía - I, s/he had
tenían - they had
territorio - territory
Texas - state in southern U.S.A.
ti - you
tiempo - time
tienda(s) - store(s)
tiene - s/he has
tienen - they have
tienes - you have
tío - uncle
toda/o(s) - all
todavía - still, yet
toma - s/he, it takes
tomando - taking
tomar - to take
tomo - I take
tomó - s/he, it took
trabaja - she works
trabajamos - we work
trabajan - they work
trabajar - to work
trabajo - I work
trabajo - work, job

trabajó - s/he worked
traerlos - to bring them
tramitar - to process
tranquila/o - calm
tratado - treated
trece - thirteen
treinta - thirty
tres - three
triste - sad
tráfico - traffic
tu – your
tú - you
turistas - tourists
tuviéramos - we had

U

un/a - a, an
unas/os - some
unidos - united
   Estados Unidos -
   United States
uniforme - uniform
universidades -
   universities
usaba- s/he, it used
usar - to use
usted - you formal
ustedes - you plural

V

va - s/he goes
vamos - we go
vas - you go
veces - times, instances

veinte - twenty
vende - she sells
venderla - to sell it
vendiendo - selling
vi - I saw
ver - to see
veranos - summers
verdad - true, truth
verdes - green
vez - time, instance
viaje(s) - trip(s)
viajé - I traveled
vida - life
vieja(s) - old
visitamos - we visited
visitaban - they visited
visitar - to visit
vive - s/he lives
viven - they live
viví - I lived
vivía - I, s/he lived
vivíamos - we lived
vivían - they lived
vivido - lived
vivimos - we live
vivir - to live
vivo - I live
voy - I go

Y

y - and
ya - already
yo - I

ABOUT THE AUTHOR

Jennifer Degenhardt taught high school Spanish for over 20 years and now teaches at the college level. At the time she realized her own high school students, many of whom had learning challenges, acquired language best through stories, so she began to write ones that she thought would appeal to them. She has been writing ever since.

Other titles by Jen Degenhardt:

La chica nueva | La Nouvelle Fille | <u>The New Girl</u> | Das Neue Mädchen | La nuova ragazza
La chica nueva (the ancillary/workbook volume, Kindle book, audiobook)
Salida 8 | *Sortie no. 8*
Chuchotenango | *La terre des chiens errants*
Pesas | *Poids et haltères*
Pour l'amour de la famille
El jersey | <u>The Jersey</u> | *Le Maillot*
La mochila | <u>The Backpack</u> | *Le sac à dos*
Moviendo montañas | *Déplacer les montagnes*
La vida es complicada | *La vie est compliquée*
La vida es complicada Practice & Questions (workbook)

Quince | <u>Fifteen</u>
Quince Practice & Questions (workbook)
El viaje difícil | *Un Voyage Difficile* | <u>A Difficult Journey</u>
La niñera
Era una chica nueva
Levantando pesas: un cuento en el pasado
Se movieron las montañas
Fue un viaje difícil
¿Qué pasó con el jersey?
Cuando se perdió la mochila
Con (un poco de) ayuda de mis amigos | With (a little)
Help from My Friends
La última prueba
Los tres amigos | <u>Three Friends</u> | *Drei Freunde* | *Les Trois Amis*
La evolución musical
María María: un cuento de un huracán | <u>María María: A Story of a Storm</u> | Maria Maria: un histoire d'un orage
Debido a la tormenta
La lucha de la vida | <u>The Fight of His Life</u>
Secretos
Como vuela la pelota
El pueblo

 @JenniferDegenh1

 @jendegenhardt9

@puenteslanguage.com &
World LanguageTeaching Stories (group)

Visit <u>www.puenteslanguage.com</u> to sign up to receive information on new releases and other events.

Check out all titles as ebooks with audio on
<u>www.digilangua.co</u>.

ABOUT THE COVER ARTIST

Paige Espeseth is an artist from Chicago. She mainly does collage and paintings and has a small army of funky glass containers that are slowly taking over her room. Their hobbies include watching anime, chatting with friends on discord and decorating her room.

Instagram: @anxious_art__